LECTURAS TOP

Valentín Beato, 21. 28037 Madrid
www.anayainfantilyjuvenil.com

1.ª edición: febrero de 2026

Diseño: Clara Miralles
Créditos fotográficos: 123RF (dvletter; solodkayamari)

ISBN: 978-84-143-6276-1
Depósito legal: M-22208-2025
Impreso en España - Printed in Spain

PAPEL DE FIBRA CERTIFICADA

Cartas a Ratón Pérez

Antonia Rodenas

Ilustraciones de Carme Solé Vendrell

ANAYA

LECTURAS TOP

UN MENSAJE PARA TI

Esta historia de *Cartas a Ratón Pérez* la escribí hace ya bastante tiempo; a veces, esto hace que lo que cuentas pierda interés, pero tengo que reconocer que no es el caso y que sigue gustando ahora tanto como cuando apareció por primera vez. Y lo sé porque continúo en contacto con niños y niñas y con profesores y profesoras de diferentes centros escolares que me manifiestan sus opiniones sobre ella.

Hay algo de lo que me siento muy satisfecha en esta historia, y es el haber puesto a dos personajes tan diferentes y poco amigos, como son un ratón y un gato, en una situación comprometida, llena de dificultades... ¡Un gato pidiendo ayuda a un ratón!..., pues sí, así comienza la historia.

Deseo que los que tengáis la oportunidad de leer este libro lo disfrutéis. Quizá os sirva también para reflexionar.

En cuanto a las ilustraciones, espero que os gusten tanto como a mí.

Carme y yo hemos colaborado en ocho libros; aparte de que sabe un montón de ilustración, tiene muchos premios de reconocimiento y muchísimos libros. A mí me encanta trabajar con ella porque comentamos cosas y yo siempre aprendo.

Os deseo un buen camino lleno de historias y aventuras.

Antonia Rodenas

A MAX,
mi querido mancha negra.

Carme Solé

Y a todos los que son capaces
de sonreír cuando escuchan
el nombre de Ratón Pérez.

Antonia Rodenas

La primera vez
que Manchas Negras
le escribió una carta,
Ratón Pérez se extrañó.

Todos le pedían
un pequeño regalo a
cambio de su diente blanco.
Pero Manchas Negras, no.
Lo suyo era muy raro.

Manchas Negras le pedía dientes.

Además...

¡ERA UN GATO!

¡UN GATO SIN DIENTES!

«¡Pues mejor para los ratones!», pensó Ratón Pérez.

Y decidió no contestar.

Se sentó junto al fuego con uno de sus libros preferidos.

La segunda vez que Manchas Negras escribió una carta, le contó que su MIAUUU era desafinado, porque sin dientes el aire se le escapaba por todas partes.

Por eso no podía participar en el coro de los gatos cantores. Y era lo que más ilusión le hacía.

Manchas Negras le aseguró que ningún gato amigo suyo se lo comería, porque todos estaban preocupados por él y deseaban que se solucionara su problema.

A Ratón Pérez le produjo un poco de tristeza, pero también sintió miedo.

«¡Siempre podría salir un gato mentecato!», pensó.

Y no contestó.

M.N.
Fredéric
Leo Lionni

Se sentó junto al fuego con uno de sus libros preferidos, pero le costaba leer, porque de vez en cuando pensaba en el gato sin dientes.

La tercera vez que Manchas Negras escribió a Ratón Pérez, lloró y lloró, emborronando algunas de las hermosas letras de la carta.

Manchas Negras insistía para que Ratón Pérez lo ayudara. Estaba convencido de que, si quería, podía hacerlo.

Manchas Negras le explicaba que, además de desafinar, comía papillas, y eso no le gustaba nada.

N W
SR.
RATÓN
PÉREZ

Manchas Negras estaba muy triste.

Sin ganas de correr.

Sin ganas de saltar por los tejados.

Sin ganas de estar con sus amigos.

Sin ganas de... nada.

Ratón Pérez sintió tanta pena que se le hizo un nudo en la garganta.

Pero también le entró miedo. Si no tenía cuidado, podría acabar en la barriga de algún gato hambriento. Sin embargo, se fio de Manchas Negras.

Y decidió ir.

Eso sí, tendría que prepararlo todo muy bien.

Nunca se había enfrentado a una aventura como esa, y era arriesgado.

Primero, se fabricó
una careta de gato con la piel
de una mandarina.

Sabía que con su perfume
despistaría a cualquier gato, y,
si fuera necesario, se la pondría.

Después, buscó entre su
colección de dientes los más
blancos, los metió en un saquito
y lo cerró.

Y, por último, esperó hasta
que la Luna brillara en lo alto.

Ese sería el momento.

Y cuando la Luna brilló...,
Ratón Pérez salió de su casa.

Y empezó a caminar.

Y a caminar...

Y a caminar...

La noche era silenciosa.

Ratón Pérez oía sus pisadas
y su propia respiración.

Las piedras del camino brillaban bajo la luz de la Luna, y se acordó de aquel niño que, para no perderse en el bosque, llenaba sus bolsillos con pequeñas piedras que dejaba caer poco a poco.

Iba ensimismado recordando aquella historia cuando de pronto le salió al paso una sigilosa serpiente, dispuesta a tragárselo.

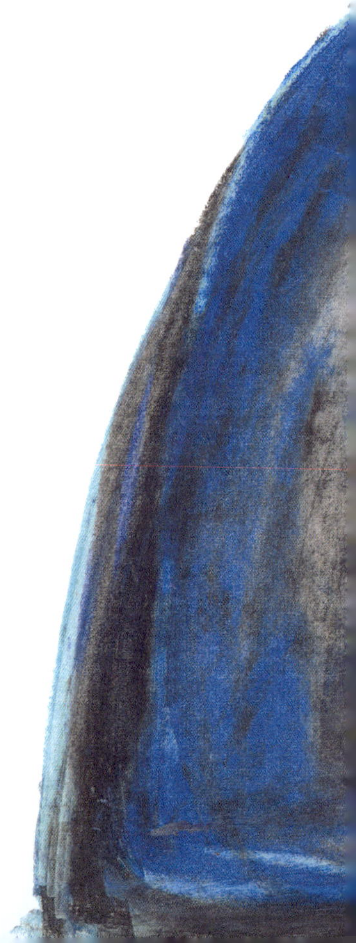

La serpiente avanzó hacia él,
y lo rozó con su piel fría.

Ratón Pérez sintió un escalofrío
y su pequeño cuerpo se
estremeció.

Estaba tan nervioso que
la bolsa de los dientes se movió,
y de ella salió un sonido suave
como de campanillas.

La serpiente se quedó quieta,
hipnotizada por aquel sonido;
y Ratón Pérez aprovechó ese
instante para marcharse.

Caminaba deprisa, deprisa, muy deprisa. Quería llegar cuanto antes.

Pero desapareció la Luna.

Todo estaba tan oscuro que Ratón Pérez se preguntaba cómo podría llegar al tejado donde vivían los gatos si no veía nada.

Necesitaba que apareciera de nuevo la Luna para continuar.

¡¡¡Necesitaba la Luna!!!

Ratón Pérez permaneció inmóvil durante un rato: se oía un murmullo de agua y se asustó.

Con aquella oscuridad no debía continuar. Se podía caer al agua, y mucho mucho no sabía nadar.

Además, empezaba a estar cansado. El camino era más largo de lo que él había imaginado.

De repente, oyó a una rana que, más que croar, parecía llorar. Se acercó a ella y, efectivamente, lloraba.

De sus grandes ojos,
salían chorros de lágrimas.

Ratón Pérez las sentía caer
en su cabeza como lluvia salada.

La rana le contó que era
una princesa, pero nadie la creía,
y estaba esperando a que un día
apareciera su príncipe.

Ratón Pérez levantó la cabeza
para mirar sus grandes ojos,
la rana dio un respingo
y empezó a reír.

Y la rana lloraba.

Y la rana reía.

Lloraba y reía.

Lloraba y reía.

Eran los bigotes de Ratón Pérez, que le rozaban la piel y le hacían cosquillas.

A pesar del llanto, la risa le sentó bien.

En agradecimiento, la rana decidió acompañar a Ratón Pérez mientras hubiera oscuridad.

Ella conocía bien ese camino.

Y fueron charlando. Contándose historias de ranas intrépidas y ratones valientes.

La Luna volvió a brillar, la rana se despidió y se marchó saltando.

A Ratón Pérez se le quedó un beso en la punta del hocico.

Un beso que pensaba darle a la rana, para ver si se convertía en princesa.

¿Sería posible?...

Era ya muy tarde cuando descubrió muy cerca de él a un animal peligroso.

Sabía que se trataba de un lince, pues Ratón Pérez se había fijado en sus orejas, terminadas en pinceles.

También sabía que el lince tiene mucha vista, y eso le asustó.

«¿Me habrá visto?», pensó.

Rápidamente, se puso la careta de gato que olía a mandarina y sacudió la bolsita de los dientes que sonaba como campanillas.

El lince giraba la cabeza de un lado a otro; olía a ratón, pero veía a un animal muy extraño.

Como no sabía a quién se enfrentaba, decidió marcharse.

A Ratón Pérez le latía el corazón muy rápido, pero cuando vio que el lince se alejaba, se sintió fuerte.

Como un superratón.

Ahora estaba convencido de que llegaría a su meta.

Y, finalmente, llegó.

Manchas Negras dormía profundamente junto a otros gatos.

Ratón Pérez miró a su alrededor.

Todo estaba en silencio.

Necesitaba descansar un poco, y entornó los ojos.

Se acordó de Fredéric, el ratón de uno de sus libros favoritos, que dejaba caer un poco los párpados para recoger los rayos del sol, los colores y las palabras.

Y se acercó la Luna,
redonda, redonda, redonda.

Ratón Pérez se iluminó.

Sus ojos brillaban como luceros

Era el gran momento.

Con mucho cuidado, Ratón Pérez abrió su saquito.

Y aprovechando un sonoro bostezo fue colocando, uno a uno, todos los dientes en la boca de Manchas Negras.

Parecían pequeñas estrellas que brillaban a la luz de la Luna.

Cuando acabó, Ratón Pérez miró hacia la Luna.

Y la Luna suavemente sopló.

A la mañana siguiente, cuando Manchas Negras se despertó, estiró las patas delanteras; luego, las traseras. Se lavó la cara y, por último, lanzó un hermoso maullido.

Los demás gatos lo felicitaron.

Manchas Negras se miró sorprendido en un charco y allí, en el espejo de agua, vio que su boca estaba llena de dientes y que formaban una gran sonrisa.

Manchas Negras había pasado toda la mañana saltando por los tejados y maullando sin parar.

Estaba tan contento que se había olvidado de comer.

Por la tarde, decidió escribir una carta de agradecimiento a Ratón Pérez, una carta muy especial.

Y escribió:

Querido Ratón Pérez:

Hoy es un día grande para mí.

Cuando me he despertado esta mañana, he notado una sensación extraña en mi boca.

Tenía dientes y podía maullar.

Estaba tan contento que no he dejado de correr ni de saltar durante mucho tiempo.

Más tarde, vi a un ratón.

Eché a correr detrás de él.

Creo que lo asusté. No tenía intención de comérmelo.

Te lo aseguro, solo quería ver si movía los bigotes o el rabo.

Quería saber si me conocía.

Quería saber si eras tú, pero sentí su corazón a cien por hora, y temblaba.

Lo dejé marchar y desapareció al momento. Yo me quedé pensando un rato.

Ahora no podría comer ratones, ¿te imaginas que alguno de ellos fueras tú?

Aunque me gusta jugar a «Ratón que te pilla el gato», pues me parece una maravillosa forma de correr.

Esta noche iré con los gatos cantores. Los que me oyeron esta mañana, me felicitaron.

Me siento feliz y todo gracias a ti.

Te mando una foto.

Y también un beso.

Manchas Negras

Cuando Ratón Pérez leyó la carta, se sintió más contento que nunca y decidió celebrarlo: se comió un trozo de queso manchego y se tomó un zumo de zarzamora.

Y, por último, abrió uno de sus libros favoritos, justo en la página que decía:

«Hay un gato enorme en el cielo».

Ratón Pérez sonrió. Le encantaba leer aquel libro que estaba lleno de *Historias de ratones*.

Y la Luna brillaba.

ÍNDICE

¿A QUÉ PERSONAJE TE PARECES MÁS?

1. ¿Qué haces si alguien llora?

a. Le pregunto qué le pasa.
b. Busco a un adulto que lo ayude.
c. Intento que se ría.

2. ¿Cómo solucionas los problemas?

a. Pienso y reflexiono.
b. Digo lo que siento los demás.
c. Pido consejo a otros.

3. ¿Qué regalo te gustaría más?

a. Un libro o algo útil.
b. Un kit de manualidades.
c. Un juego para compartir.

4. **¿Qué es importante para ti?**

a. Ayudar a otros.
b. Poder hacer lo que me gusta.
c. Tener buenos amigos.

5. **¿Cómo te sientes cuando logras algo difícil?**

a. Orgulloso y contento.
b. Muy feliz. Quiero contárselo a todo el mundo.
c. Alegre y agradecido con quienes me ayudaron.

¡Descubre tu resultado!

Si tienes más respuestas A: ¡Eres como Ratón Pérez! Te gusta leer y pensar antes de actuar. Siempre ayudas a los demás.

Si tienes más respuestas B: ¡Te pareces a Manchas Negras! Eres sensible, creativo y no te da vergüenza pedir ayuda.

Si tienes más respuestas C: ¡Eres como la rana! Valoras la amistad. Sabes cómo alegrar a las personas tristes.

OTROS LIBROS QUE TE GUSTARÁN

A PARTIR DE 6 AÑOS

Feliz Feroz
El Hematocrítico

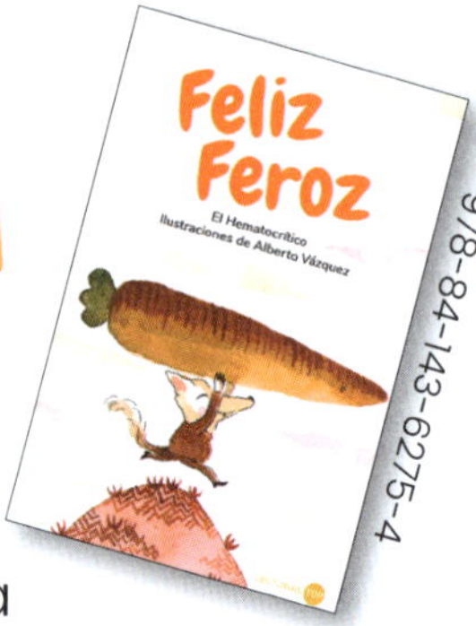

978-84-143-6275-4

La mamá de Lobito llama llorando al Lobo Feroz porque ¡su hijo es DEMASIADO bueno! ¿Podrá el Lobo Feroz convertir a su sobrino en un verdadero lobo?

Carla y Lechuga 1. ¡Maldito Ingenioso!
Equipo Lechuza

978-84-698-3626-2

Carla y su peluche Lechuga son inseparables. Igual que Marcos y su nuevo juguete, Ingenioso. Pero ¿qué secreto esconde el oso Ingenioso?

Pimpollo

Ledicia Costas

978-84-143-3696-0

Pimpollo es el perro más famoso de Internet y vive a cuerpo de rey. Pero un día descubre que la vida fuera de su mansión es más dura de lo que se olía.

El tren fantasma

María Oruña

A Alan no le gusta irse a la cama, y su padre decide leerle un cuento muy especial: *El tren fantasma.* Cuando Alan se queda dormido..., ¡se despierta dentro del tren de la historia!

978-84-698-9095-0